中公文庫

猟　奇　歌

夢野久作歌集

夢野久作

中央公論新社

目次

猟奇歌

夢野久作歌集

猟奇歌

殺すくらゐ　何でもない
と思ひつゝ人ごみの中を
闊歩《かつぽ》して行く

ある名をば　叮嚀《ていねい》に書き
ていねいに　抹殺をして
焼きすてる心

ある女の写真の眼玉にペン先の
赤いインキを
注射して見る

この夫人をくびり殺して
捕はれてみたし
と思ふ応接間かな

わが胸に邪悪の森あり
時折りに
啄木鳥《きつつき》の来てたゝきやまずも

〔探偵趣味　一九二七・八〕

此《こ》夕《の》べ
可愛き小鳥やは〳〵と
締《し》め殺し度《た》く腕のうづくも

よく切れる剃刀《かみそり》を見て
鏡をみて
狂人のごとほゝゑみてみる

高く〳〵煙突にのぼり行く人を
落ちればいゝがと
街路から祈る

殺すぞ！
と云へばどうぞとほゝゑみぬ
其時フツと殺す気になりぬ

人の来て
世間話をする事が
何か腹立たしく殺し度くなりぬ

今のわが恐ろしき心知るごとく
ストーブの焔《ほのほ》
くづれ落つるも

ピストルのバネの手ざはり
やるせなや
街のあかりに霧のふるとき

ぬすむ人の心を抱きて
大なる煉瓦の家に
宿直をする

かゝる時
人を殺して酒飲みて女からかふ
偉人をうらやむ

人体のいづくに針を刺したらば
即死せむかと
医師に問ひてみる

春の夜の電柱に
身を寄せて思ふ
人を殺した人のまごゝろ

殺しておいて瞼《まぶた》をそつと閉ぢて遣《や》る
そんな心恋し
こがらしの音

ピストルの煙の
にほひばかりでは何か物足らず
手品を見てゐる

ペンナイフ
何時《いつ》までも銹《さ》びず失《な》くならず
その死にがほの思ひ出と共に

〔猟奇　一九二八・六〕

一番に線香を立てに来た奴が

俺を…………

……と云ふて息を引き取る

若い医者が
俺の生命を預《あずか》つたと云ふて
ニヤリと笑ひ腐つた

だしぬけに
血みどろの俺にぶつかった
あの横路次のくら暗《やみ》の中で

頭の中でピチンと何か割れた音
イヒ、、、
……と……俺が笑ふ声

白い乳を出させようとて
タンポ、を引き切る気持ち
彼女の腕を見る

棺の中で
死人がそつと欠伸《あくび》した
その時和尚《おしやう》が咳払ひした

抱きしめる
　その瞬間にいつも思ふ
あの泥沼の底の白骨

ニセ物のパスで
電車に乗つてみる
超人らしいステキな気持ち

青空の隅から
ギツト眼をあけて
俺の所業を睨《にら》んでゐる奴

自転車の死骸が
空地に積んである
乗つてゐた奴の死骸も共に

闇の中から血まみれの猿が
ヨロ〳〵とよろめきかゝる
俺の良心

監獄に
はいらぬ前も出た後も
同じ青空に同じ日が照つてゐる

白い蝶が線路を遠く横切って
汽車がゴーと過ぎて
血まみれの恋が残る

見てはならぬものを見てゐる
吾が姿をニヤリと笑つて
ふり向いて見る

真夜中に
心臓が一寸《ちよつと》休止する
その時にこはい夢を見るのだ

枕元の花に薬をそゝぎかけて
ほゝゑむでねむる
肺病の娘

倉の壁の木の葉が
幽霊の形になつて
生血がしたゝる心臓が
切り出されたまゝ

〔猟奇　一九二八・十〕

けふも沖が
あんなに青く透いてゐる
誰か溺れて死んだだんべ

水の底で
胎児は生きて動いてゐる
母体は魚に喰はれてゐるのに

日が暮れかゝると
わが首を斬る刃に見えて
生血がしたゝる檻房の窓

あの娘を空屋で殺して置いたのを
誰も知るまい
藍色の空

地平線になめくぢのやうな雲が出て
見まいとしても
何だか気になる

血だらけの顔が
沼から這ひ上る
俺の先祖に斬られた顔が

唖の女が
口から赤ん坊生んだゲナ
その子の父の袖をとらへて

ドラッグの蠟人形の
全身を想像してみて
冷汗ながす

自分が轢《ひ》いた無数の人を
ウツトリと行く手にゑがく
停電の運転手　動いてゐる
さても得意気にたつた一人で

暗の中で
俺と俺とが真黒く睨み合つた儘《まま》
動くことが出来ぬ

すれちがつた今の女が
眼の前で血まみれになる
白昼の幻想

自惚《うぬぼ》れの錯覚すなはち恋だから
子供は要らない
ザマア見やがれ

ピストルが俺の眉間《みけん》を睨みつけて
ズドンと云つた
アハハのハツハ

毎日毎日
向家の屋根のペン／＼草を
見てゐた男が狂人であつた

夏木立《こだち》ヒッソリとして
ぬす人の心の色に
月の傾むく

カルモチンを紙屑籠《くずかご》に投げ入れて
又取り出して
ヂッと見つめる

色の白い美しい子を
何となくイヂメて見たさに
仲よしになる

〔猟奇　一九二八・十一〕

森中の枯れ木は
ひとり芽を吹かず
一心こめた毒茸《どくたけ》を生やす

狼が人間の骨を
ふり返り／＼去り
冬の日しづむ

妖怪に似た生あたゝかい
我が腹を撫でまはしてみる
春の夜のつれ〴〵

自殺やめて
壁をみつめてゐるうちに
フッと出て来た生あくび一つ

交番の巡査が
一つ咳をした
霜の夜更《よふ》けに俺が通ったら

伯父さんへ
此の剃刀を磨《と》いでよと
継子が使ひに来る雪の夕

死に度い心と死なれぬ心と
互ひちがひに
落ち葉踏みゆく〳〵

埋められた死骸はつひに見付からず
砂山をかし
青空をかし

知らぬ存ぜぬ一点張りで
行くうちに可笑《おかし》しくって
空笑ひが出た

海にもぐつて
赤と緑の岩かげに吾が心臓の
音をきいてゐる

此の顔はよも
犯人に見えまいと
鏡のぞいてたしかめてみる

毒茸がひとり
茶色の粉を吹く
何事もよく暮るゝ秋の日

彼女の胸に
此の短剣が刺さる時
ふさはしい色に春の陽《ひ》しづめ

美しく毛虫がもだえて
這ひまはる硝子《がらす》の瓶の
夏の夕ぐれ

〔猟奇　一九二九・六〕

何者か殺し度い気持ち
たゞひとり
アハ〳〵と高笑ひする

屠殺所に
暗く音なく血が垂れる
真昼のやうな満月の下

風の音が高まれば
又思ひ出す
溝《どぶ》に棄てゝ来た短刀と髪毛

殺しても／＼まだ飽き足らぬ
憎い彼女の
横頬のほくろ

日が照れば
子供等は歌を唄ひ出す
俺は腕を組んで
反逆を思ふ

わるいもの見たと思ふて
立ち帰る 彼女の室の
拶《むし》られた蝶

わが心狂ひ得ぬこそ悲しけれ
狂へと責むる
鞭《むち》をながめて

〔猟奇　一九二九・七〕

うつゝなく人を仏になし給《たま》へ
み佩刀《はかせ》近く
呑まゐらする

君の眼はあまりに可愛ゆし
そんな眼の小鳥を
思はず締《し》めしことあり

彼女を先《ま》づ心で殺してくれようと
見つめておいて
ソット眼を閉ぢる

蛇の群れを生ませたならば
……なぞ思ふ
取りすましてゐる少女を見つゝ

頭の無い猿の形の良心が
女と俺の間に
寝てゐる

フト立ち止まる
人を殺すにふさはしい
煉瓦《れんが》の塀の横のまひる日

慾《ほ》しくもない
トマトをすこし噛みやぶり
赤いしづくを滴らしてみる

幽霊のやうに
まじめに永久に
人を咀《のろ》ふ事が出来たらばと思ふ

観客をあざける心
舞ひながら仮面の中で
舌を出しみる

〔猟奇　一九二九・九〕

何故《なにゆへ》に
草の芽生えは光りを慕ひ
心の芽生えは闇を恋ふのか

殺したくも殺されぬ此の思ひ出よ
闇から闇に行く
猫の声

放火したい者もあらうと思つたが
それは俺だつた
大風の音

眼の前に断崖が立つてゐる
悪念が重なり合つて
笑つて立つてゐる

獣のやうに女に飢ゑつゝ
神のやうに火にあたりつゝ
あくびする俺

清浄の女が此世に
あると云ふか……
影の無い花が
此世にあると云ふのか

ぐる〳〵と天地はめぐる
だから俺も眼がくるめいて
邪道に陥《お》ちるんだ

ばくち打つ
妻も子もない身一つを
ザマア見やがれと嘲《あざけ》つて打つ

〔猟奇　一九二九・十一〕

自殺しようか
どうしようかと思ひつゝ
タツタ一人で玉を撞《つ》いてゐる

にんげんが
皆良心を無くしつゝ
夜のあけるまで
ダンスをしてゐる

独り言を思はず云ふて
ハッとして
気味のわるさに
又一つ云ふ

誰か一人
殺してみたいと思ふ時
君一人かい……
……と友達が来る

号外の真犯人は
俺だぞ……と
人ごみの中で
怒鳴《どな》ってみたい

飛び出した猫の眼玉を
押しこめど
ドウしても這入らず
喰ふのをやめる

メスの刃が
お伽《とぎ》ばなしを読むやうに
ハラワタの色を
うつして行くも

五十銭貰つて
一つお辞儀する
盗めば
お辞儀せずともいゝのに

人間の屍体を見ると
何がなしに
女とフザケて笑ってみたい

〔猟奇　一九三〇・四〕

血潮したゝる

闇の中に闇があり
又闇がある
その核心から
血潮したゝる

骸骨《がいこつ》が
曠野《かうや》をひとり辿り行く
行く手の雲に
血潮したゝる

教会の
彼《か》の尖塔の真上なる
青い空から
血しほしたゝる

洋皿のカナリアの絵が
真二つに
割れたとこから
血しほしたゝる

すれ違つた白い女が
ふり返つて笑ふ口から
血しほしたゝる

真夜中の
三時の文字を
長針が通り過ぎつゝ
血しほしたゝる

水薬を
花瓶に棄てゝアザミ笑ふ
肺病の口から
血しほしたゝる

日の影が死人のやうに
縋《すが》り付く倉の壁から
血しほしたゝる

たはむれに
タンポヽの花を引つ切れば
牛乳のやうな血しほしたヽる

大詰めの
アンチキシヤウの美くしさ
赤いインキの血しほしたゝる

〔猟奇　一九三〇・五〕

トランプのハートを刺せば
黒い血が……
クラブ刺せば……
赤い血が出る

ストーブがトロ〳〵と鳴る
忘れてゐた罪の思ひ出が
トロ〳〵と鳴る

雪だつた……
ストーブの火を見つめつゝ
殺した女を
思ふたその夜は……

死刑囚が
眼かくしをされて
微笑したその時
黒い後光がさした

子供等が
相手の瞳にわが瞳をうつして遊ぶ
おびえごゝろに

やは肌の
熱き血しほを刺しもみで
さびしからずや
悪を説く君

夕ぐれは
人の瞳の並ぶごとし
病院の窓の
向ふの軒先

真夜中に
枕元の壁を撫でまはし
夢だとわかり
又ソッと寝る

親の恩を
一々感じて行つたなら
親は無限に愛しられまい

屍体の血は
コンナ色だと笑ひつゝ
紅茶を
匙《さじ》でかきまはしてみせる

梅毒と
女が泣くので
それならば
生かして置いてくれようかと思ふ

紅い日に煤煙を吐かせ
青い月に血をしたゝらせて
画家が笑つた

黒い大きな
吾が手を見るたびに
美しい真白い首を
摑み絞め度くなる

闇の中を誰か
此方を向いて来る
近づいてみると
血ダラケの俺……

投げこんだ出刃と一所に
あの寒さが残つてゐよう
ドブ溜の底

煙突が
ドン／＼煙を吐き出した
あんまり空が清浄なので……

雪の底から抱へ出された
仏様が
風にあたると
眼をすこし開けた

病人は
イヨ／＼駄目と聞いたので
枕元の花の
水をかへてやる

〔猟奇　一九三一・三〕

宇宙線がフンダンに来て
イラ〳〵と俺の心を
キチガヒにしかける

隣室に誰か来たぞと盲者が云ふ
妻は行き得ず
ヂット耳を澄ます

眼が開いたら
芝居を見ると盲者が云ふ
その顔を見て妻が舌を出す

血圧が
次第々々に高くなつて
頸動脈を截《き》り度くなるも

インチキを承知の上で
賭博打つ国際道徳を
なつかしみ想ふ

二人の恋に
ポツンと打ったピリオッド
チット考へて紙を突き破る

日本晴れの日本の町を
支那人が行く
「それがどうした」
「どうもしないさ」

キリストが
或る時コンナ予言をした
俺を抹殺するものがある……と

妻を納めた柩《ひつぎ》の中から
マザ〳〵と俺の体臭が匂つて来る
深夜……………………

〔猟奇　一九三二・一〕

透明な硝子の探偵が
前に在《あ》りうしろにも在り
秋晴れの町

月のよさに吾が恋人を
蹴殺せし愚かものあり
貫一といふ

自分より優れた者が
皆死ねばいゝにと思ひ
鏡を見てゐる

キリストは馬小屋で生れた
お釈迦《しやか》様はブタゴヤで生まれた
と……子供が笑ふ

十六吋《インチ》主砲の
真向ふの大空が
真赤に〳〵燃えてしたゝる

キツト死ぬ
医師会長の空椅子に
白い新しいカヴアがかゝつた

羽子板の羽二重の頬
なつかしむ稚《おさ》な心に
針をさしてみる

腸詰に長い髪毛が交つてゐた
チツト考へて
喰つてしまつた

恐怖劇が
チットモ怖くなくなつた
一所に見てゐる女が怖くなつた

古着屋に
女の着物が並んでゐる
売つた女の心が並んでゐる

今日からは別人だぞと反《そ》り返る
それが昨日の俺だつた
馬鹿…………

〔猟奇　一九三二・三〕

冬の風つめたく晴れて
木の空に
大根の死骸数かぎりなし

天人が
どこかの森へ落ちたらしい
シインとしてゐる春の真昼中

白塗りのトラックが街をヒタ走る
何処までも〳〵
真赤になるまで

これが女給
こちらが女優の尻尾です
チヨツト見分けがつかないでせう

レコードの割れ目を
針が辷《すべ》る時
歌つてゐる奴の冷笑が見える

地獄座のフットライトが
北極光さ
悔い改めよといふ意味なのさ

黄道光は
空の女神の脚線美さ
だから滅多にあらはれないのさ

恋愛禁断の場所が
今の世に在るといふ
床の間の在るお座敷がソレだと……

女を囮《おとり》に
脱獄囚を捕まへた
脱獄囚よりも残忍な警官

十七歳の少女の墓を発見して
頭を撫で丶
お辞儀して遣る

脱獄囚を逐《お》ふて
警官が野を横切る
脱獄囚がアトから横切る

打ち明けて云はれた時に
ドウしたらいゝのと
娘が母に聞いてみる

泣き濡れた
その美しい未亡人が
便所の中でニコ／＼して居る

妊娠した彼女を思ひ
唾液を吐く
黄色い月がさしのぼる時

笹の間にサヤ〳〵のぼる冬の月
真実〳〵
薄血したゝる

白い赤い
大きなお尻を並べて見せる
ナアニ八百屋の店の話さ

〔猟奇　一九三二・四〕

うごく窓〔1〕

病院の何処かの窓が
たゞ一つ眼ざめて動く
雪の深夜に――

駅員が居睡りしてゐる
真夜中に
骸骨ばかりの列車が通過した

母の腹から
髪毛と歯だけが切り出された
さぞ残念な事であつたらう

梟《ふくろふ》が啼いた
イヤ梟ぢや無いといふ
真暗闇に佇《たたず》む二人

吹き降りの踏切で
人が轢死した
そのあくる日はステキな上天気

〔ぷろふいる　一九三三・十二〕

うごく窓〔2〕

白き陽は彼の断崖と
朝な〳〵
冷笑しかはしのぼり行くかな

地下室に
無数の瓶が立並び
口を開けて居り呼吸をせずに

ひれ伏した乞食に人が銭を投げた
しかし乞食は
モウ死んでゐた

嫁の奴
すぐにお医者に走って行く
わしが病気の時に限って

ラムネ瓶に
蠅が迷ふて死ぬやうに
彼女は百貨店で万引をした

晴れ渡る青空の下に
鉄道が死の直線を
黒く引いてゐる

草蔭するどく黒く地に泌《し》みて
物音遠き
死骸の周囲

〔ぷろふいる　一九三四・二〕

地獄の花

火の如きカンナの花の
咲き出づる御寺の庭に
地獄を思ふ

昨日までと思ふた患者が
まだ生きて
今朝の大雪みつめて居るも

お月様は死んでゐるの
と児が問へば
イーエと母が答へけるかな

胃袋の空つぽの鷲《わし》が
電線に引つかゝつて死んだ
青い〳〵空

踏切にヂッと立ち止まる人間を
遠くから見てゐる
白昼の心

青空の冷めたい心が
貨物車を
地平線下に吸ひ込んでしまつた

自分自身の葬式の
行列を思はする
野の涯に咲くのいばらの花

〔ぷろふいる　一九三四・四〕

死

自殺しても
悲しんで呉れる者が無い
だから吾輩は自殺するのだ

馬鹿にされる奴が一番出世する
だから
自殺する奴がエライのだ

何遍も自殺し損ねて生きてゐる
助けた奴が
皆笑つてゐる

あたゝかいお天気のいゝ日に
道ばたで乞食し度いと
皆思つてゐる

悟れば乞食
も一つ悟れば泥棒か
も一つ悟ればキチガヒかアハハ

致死量の睡眠薬を
看護婦が二つに分けて
キヤツキヤと笑ふ

振り棄てた彼女が
首を縊つた窓
蒲団かむればハツキリ見える

〔ぷろふいる　一九三四・六〕

見世物師の夢

満洲で人を斬つたと
微笑して
肥えふとりたる友の帰り来る

明るい部屋で
冷めたい帽子を冠ったら
殺した友の顔を思ひ出した

ずつと前殺した友へ
根気よく年賀状を出す
愚かなる吾

広重は
惨殺屍体の上にある
真青な空の色を記憶した

煉瓦塀を仰げば
青い〳〵空
殺人囚がホッとする空

病死した友の代りに返事した
先生は知らずに
出席簿を閉ぢた

秋まひる静かな山路に
堪へ兼ねて追剥を
した人は居ないか

人頭蛇を生ませてみたいと
思ひつゝ女と寝てゐる
若い見世物師

〔ぷろふいる　一九三四・七〕

青空に突き刺さり〳〵
血をたらす
南仏蘭西《ふらんす》の寺の尖塔

夜の風に
紙片が地を匍《は》ふて行く
死人の門口でピタリと止まる

真鍮《しんちう》のイーコン像から
蠟細工《らふざいく》のレニンの死体へ
迷信転向

〔ぷろふいる　一九三四・八〕

猟奇歌　白骨譜

死刑囚は
遂に動かずなり行けど
旃檀《せんだん》の樹の蟬《せみ》は啼《な》きやまず

神様の鼻は
真赤に爛《ただ》れてゐる
だから姿をお見せにならないのだ

一瓶の白き錠剤
かぞへをはり
窓の青空ぢつと見つむる

浜名湖の鉄橋渡る列車より
フト……
飛降りてみたくなりしかな

天井の節穴
われを睨むごとし
わが旧悪を知り居るごとし

青空は罪深きかよ
虻《あぶ》や蜻蛉
お倉の白壁にぶつかつて死ぬ

盲人がニコ〳〵笑つて
自宅へ帰る
着物の裾に血を附けたまゝ

よそのヲヂサンが
汽車に轢《ひ》かれて死んでたよ
帰つて来ないお父さんかと思つたよ

将軍塚

将軍の骨が棺の中で錆《さ》びた刀を
抜きかけてゐた

〔ぷろふいる　一九三四・九〕

青空はブルーブラック
三日月は死の唄を書く
ペン先かいな

大理石の伽藍《がらん》の如き頭蓋骨が
荘厳に微笑《ほほゑ》む
南極の海

ほの暗く
はるかなる国離れ来て
桐の若葉に
さゆらぐ悪魔

〔ぷろふいる　一九三四・十〕

わが罪の思ひ出に似た
貨物車が犇《ひし》めきよぎる
白の陽の下

ぬかるみは果てしもあらず
微笑して
彼女の文を千切り棄てゆく

ニャ〳〵と微笑しながら跟《つ》いて来る
もう一人の我を
振返る夕暮

〔ぷろふいる　一九三四・十一〕

日も出でず
月も入らざる地平線が
心の涯にいつも横たはる

うなだれて
小暗き町へ迷ひ入り
獣の如く呻吟《しんぎん》してみる

社長室の片隅に
黒く凋《か》れ行く
赤いタイピストの形見のチューリップ

〔ぷろふいる　一九三四・十二〕

体温器窓に透かして眺め入る
死に度いと思ふ
心を透かし見る

タッター一つ
罪悪を知らぬ瞳があつた
残虐不倫な狂女の瞳だつた

冬空が絶壁の様に屹立《きつりつ》してゐる
そのコチラ側に
罪悪が在る

〔ぷろふいる　一九三五・二〕

無限に利く望遠鏡を
覗いてみた
自分の背中に蠅が止まつてゐた

真鍮製の向日葵《ひまはり》の花を
庭に植ゑた
彼の太陽を停止させる為

〔ぷろふいる　一九三五・四〕

おしろいの夜の香よりも
真黒なる夜の血の香を
恋し初《そ》めしか

失恋した男の心が
剃刀でタンポ、の花を
刻んで居るも

〔ぷろふいる　一九三五・五〕

世の中の坊主が
足りなくなつてゆく
医学博士がアンマリ殖《ふ》えるので

郊外の野山は
都会より残忍だ
静かに美しく微笑してゐるから

深海の盲目の魚が
恋しいと歌つた牧水《ぼくすい》も
死んでしまつた

〔ぷろふいる　一九三五・六〕

非常汽笛
汽車が止まると犯人が
ニッコリ笑つて麦畑を去る

汽鑵車が
だん〳〵大きくなつて来る
菜種畠の白昼の恐怖

〔ぷろふいる　一九三五・七〕

毒薬と花束と
美人の死骸を
積んだ
フルスピードの
探偵小説

〔ぷろふいる　一九三五・九〕

木の芽草の芽伸び上る中に
吾心伸び上りかねて
首を縊るも

波際の猫の死骸が
乾燥して薄目を開いて
夕日を見てゐる

自殺しに吾が来かゝれば
白い猫が線路の闇を
ソツと横切る

春風が
先づ探偵を吹き送り
アトから悠々と犯人を吹き送る

涯てしなく並ぶ土管が
人間の死骸を
一つ喰べ度いと云ふ

冬空にヂン〳〵と鳴る電線が
死報の時だけ
ヒッソリとなる

犯人の帽子を
巡査が拾ひ上げて
又棄てゝ行く
春の夕暮

血のやうに黒いダリヤを
凝視して少女が
ホッとため息をする

山の奥で仇讐《きうしう》同志がめぐり合つた
誰も居ないので
仲直りした

〔ぷろふいる　一九三五・十〕

殺人狂が
針の無い時計を持つてゐた
殺すたんびにネヂをかけてゐた

脳髄が二つ在《あ》つたらばと思ふ
考へてはならぬ
事を考へるため

日の光り
腹の底まで吸ひ込んで
骨となりゆく行路病人

何もかも性に帰結するフロイドが
天体鏡で
女湯を覗く

〔ぷろふいる　一九三五・十一〕

風に散る木の葉の中の
悪党が
池の向側に高飛びをする

囚人が
アハハと笑つてなぐられた
アハハと笑つて囚人が死んだ

中風の姑《しうとめ》は何でも知つてゐる
死に度いと思ふ
妾の心まで

北極に行つて帰らぬ人々が
誰よりもノンキに
欠伸してゐる

石コロが広い往来の中央で
歯嚙みして居る
ポンと蹴つて遣る

一里ばかり撫でまはして来た
なつかしい石コロを
フト池に投げ込む

〔ぷろふいる　一九三五・十二〕

資料

日記より

大正十三年（一九二四）

（欄外）

◇俺一人が山に登つてゐるうちに世界が津浪で亡びればよい

◇何かしら笑みかゞやきて街を行く死なうと思ふて家を出づれば

◇俺の腕の太き青すぢ断ち切りて血を吸はせやうかドクダミの花

◇秋日あか〳〵死人は頬の傷の横に白い歯を剥いて……秋日あか〳〵

◇おれの罪が輪に輪をかけて果てもなくつながる果の三日月の光り

◇カフヱーに来てストローを口にしてやつと人を殺して来た気持ちになる

◇牛乳の瓶を毀して自殺した娘母は叱りませぬと云ふのに

◇居留地で西洋婦人が自殺した原因はわからぬと警官が笑ふ

◇知らぬ男留守に尋ねて来たといふ知らぬ男恐ろし夕の夕栄え

◇青草を新しい下駄で踏みわけて逃げ出した気持ち今も忘れず
◇同囚の残忍な顔を思ひ出す夕日の前にハラ〳〵降る雨
◇盗んだ金まだ使ひ得ず村を行くはるかに〳〵汽車の吹く笛
◇真夏まひるわが古き罪思ひ出づるのいばらの花を見つゝも
◇毒薬の小さな瓶が唯一の楽しみとなつて半日経つた
◇此の斜面突落されてみたいなぞ思ふうちフト辷りはじめた
◇美しい此姉さんを突き刺したら香水の血が出るやうな気がする
◇木の葉動かず星もまたゝかずたつた今人を殺した俺をみつむる
◇殺された態度を探偵が真似て見せたあまり違ふので俺は笑ひ出した
◇青空はいろんな罪を仰ぎ見る人に教えて知らぬ顔してゐる
◇地平線の一直線の恐ろしさ燕が叫んで逃げて帰つて来る
◇土深く死骸を埋めて其の上に大きな石を埋めてほゝ笑む
◇棚の上のアルコール漬の肺臓等ため息し居り秋の日あか〳〵
◇妖女あり妖怪と躍り忽ちに妖児を孕めり印度の更紗

大正十五／昭和元年（一九二六）

◇ほんたうに彼は彼なり酔ひしれて或る夜の溝に落ちて死にけり
（十月三十一日）
◇吾が心狂ひ得ぬこそ悲しけれ狂へと責むる鞭をみつめて　＊
（六月二十三日）

昭和二年（一九二七）

◇□□□□□□□□□□□□□□（消去）
このうたわれながら不吉なれば消したり。おかし。
（一月二十七日）
◇春の夜の電柱に身を寄せて思ふ。人を殺せし人のまごゝろ　＊
（二月二日）
◇殺し果てまぶたをそつと閉ぢてやれば木枯しの声一きわ高まる
（二月四日）

◇ポケットに残り居りたる一銭が悪事の動機とわれは思へり
◇殺すことを何でも無しと思ふほど町を歩むが恐ろしくなりぬ
（二月十五日）
◇ピストルの煙のにほひのみにては何かもの足らず手品を見てゐる　＊
◇地平線のましろき雲とわがふるき罪の思ひ出とさしむかひ佇つ
（二月十八日）
◇人体のいつこに針をさしたらば即死するかと医師に問ひてみる　＊
（二月二十日）
◇青空の罪のふかさよ人間に悪を教ふる罪の深さよ
◇探偵は空をあふげりわが埋めし死骸の上に立ち止まりつゝ
（二月二十一日）
◇ひそやかに腐らし合ひてひえゆく果物のあり瓦斯の灯の下
◇君の眼はあまり可愛しそんな眼の小鳥を思はず締めしことあり　＊
（二月二十二日）
◇その胸に十文字かくおさな子の心をしらず母はねむれり
◇この夕べ可愛き小鳥やわ〳〵と志め殺したく腕のうづくも　＊
◇ピストルの□の手さわりやる瀬なや瓦斯の灯光り霧のふる時　＊

（二月二十四日）

◇この夫人を殺してヂツトみつめつゝ捕はれてみたき応接間かな　＊

（三月三十一日）

◇美しき彼女をそつと殺すべくぢつとみつめて眼をとづるかな

（四月十八日）

◇恋人の腹へ馳ケ入りサン〴〵にその腸を喰はゞとぞ思ふ

◇ある女の写真眼玉に金ペンの赤きインキを注射してみる　＊

◇人の名を二つ三つ書きていねいに抹殺をして焼すてる心　＊

◇この夫人を恋して殺して逃げる時は今ぞと思ふ応接間かな

（四月三十日）

◇わが胸に邪悪の森あり時折りに啄木鳥の来てタゝキ止ますも　＊

（五月二日）

◇蛇の仔を生ませたらばとよく思ふ取りすましたる少女を見るとき　＊

◇家もあらず妻子も持たぬつもりにて後家をからかふ無邪気なるわれ

◇わが古き罪の思ひ出よみかへるユーカリの葉のゆらぐ青空

（五月三日）

◇頭無き猿の形せし良心が女とわれの間に寝て居り　＊

◇このまひる人を殺すにふさはしと煉瓦の山の中に来て思ふ　＊

（五月四日）

◇慾しくなけれどトマトをすこし噛みやぶり赤きしづくをしたゝらしみる　＊

（五月五日）

◇幽霊のごとくまじめに永久に人を呪ふことが出来たらばと思ふ　＊

◇血々々と机に書いて消してみる、そこにナイフを突きさしてみる

◇ある処に骸骨ひとつ横たはれり、その名を知れるものはあるまじ

（五月六日）

◇観衆をあざける心舞ひながら仮面の中で舌を出してみる　＊

（五月七日）

◇何かしら打ちこわし度きわが前を可愛き小僧が口笛吹きゆく

◇お母様によろしくと云ひて室を出でぬ心の底の心恐れて

◇何かしら追ひかけられる心地して横町に曲り足を早むる

◇何故に草の芽生えは光りを慕ひ心の芽生えは闇を恋ふらむ　＊

（五月八日）

◇星の光り数限り無き恐ろしさ罪を犯して逃げてゆくわれ

（五月九日）

◇殺したくも殺されぬこの思ひ出よ闇から闇へ行く猫の声　＊
◇よく切れる剃刀を見てわざと醜くあざわらひみる　＊
◇落ちたらば面白いがと思ひつゝ煙突をのぼる人をみつむる　＊
◇つけ火したき者もあらむと思ひしがそは吾なりき大風の音　＊
◇セコンドの音に合はせて一人が死ぬといふその心地よさ
（五月二十四日）
◇眼の前に断崖峙つ悪念の主なり□ひて笑へるごとく
◇善人は此世になかれ此世をばぬかるみのごと行きなやまする
◇泥沼の底に沈める骸骨をわれのみひと夢に見居るか
◇獣のごとく女欲りつゝ神のごとく火口あたりつゝあくびするわれ　＊
◇清浄の女が此世にありといふか影なき花の世にありといふか　＊
（五月二十五日）
◇村に住む心うれしも村に住む心悲しも五月晴れの空
◇聖書の黒き表紙の手ざはりよ眼つふれば赤き血したゝる
◇ぐる〳〵と天地はめぐるか子がゆえに眼くるめき邪道にも入れ
（五月三十日）
◇ばくちうつ妻も子も無き身ひとつをザマアみろやとあさけりて打つ　＊

◇心てふ文字の形の不思議さよ短劔の絵を書き添えてみる
◇悪心のまたもわが身にかへり来る電燈の灯の明るく暗く
◇警察が何だと思ひ町をゆくわがふところのあばら撫でつゝ
◇ぬすびとのこゝろを持ちて町をゆく月もおぼろに吾が上をゆく
（五月三十一日）
◇バイブルの黒き表紙の手ざはりよまなこつぶれば赤き血したゝる
◇その時の妄想またもよみがへる日記の白き頁をみれば
◇新聞の記事読むごとくしら〴〵と女のうらみきゝ居れり冬

昭和三年（一九二八）

（一月九日）
◇うつろなる自分の心を室の隅にヂット見つむるストーブの音
（四月十六日）
「猟奇」来る。
◇人格は瘠せてションボリ祈りして冷たい寝床にもぐり込む哉
（五月十四日）

◇ピストルが俺の眉間を睨みつけたズドンと云つたアッハッハッハ　＊
◇黒い〳〵秘密の核を春の□ひとり指さして赤い舌出す
（五月十七日）
◇毎日〳〵、向家の屋根のペン〳〵草を見てゐた男が狂人になつた　＊
（五月十九日）
◇カルモチン紙屑籠に投入れて又取り出してヂットながむる　＊
◇死なむにはあまりに弱き心より人を殺さむ心となりしか
（五月二十一日）
◇ドラッグの蠟人形の全身を想像してみて冷汗流す　＊
◇白く塗つた妻の横顔に書いてある恋は極度の誤解であると
◇啞の女が口から赤ん坊生んだげなその子の父の袖を捉えて　＊
◇檻獄に這入らぬ前も出た後も同じ青空に同じ日が照つてゐる　＊
◇闇の中から血まみれの猿がよろ〳〵とよろめきかゝる俺の良心　＊
◇波際に猫の死骸が歯を剝いて夕焼けの空を冷笑してゐた　＊
（五月二十二日）
◇白い蝶が線路を遠く横切つて汽車がゴーと過ぎて吾が恋おはる　＊
◇自転車の死骸が空地に積んである乗つた奴の死骸も共に　＊

（五月二十三日）
◇青空の隅からヂット眼をあけて俺の所業を睨んでゐる奴　＊
◇ニセモノのパスで電車に乗つてみる超人らしいステキな気持ち　＊
（五月二十四日）
◇見てはならぬものをみてゐる吾が姿ニヤリと笑つてふり向いてみる　＊
◇抱きしめる其瞬間にいつも思ふあの泥沼の底の白骨　＊
（五月二十六日）
◇すれちがつた今の女が眼の前で血まみれになるまひるの紅茶　＊
（五月二十七日）
◇闇の中にわれとわれとがまつくろく睨み合つたきり動くことが出来ぬ　＊
◇倉の壁の木の葉の影が幽霊の形になつて赤い血汐したゝる　＊
◇枕元の花に薬をそゝぎかけてほゝえみて眠る肺病の娘　＊
（五月二十八日）
◇心臓が切り出されたまゝ動いてゐるさも得意気にたつた一人で　＊
◇真夜中に心臓が一寸休止するその時にわるい夢を見るのだ　＊
（五月三十日）
◇血だらけの顔が沼から這ひ上る私の曽祖父に斬られた顔が　＊

◇窓の際になめくじのやうな雲が出て見まいとするけど何だか気になり　＊
（六月四日）
◇水の底で胎児は生きて動いてゐる母は魚に食はれてゐるのに　＊
◇わが首を斬る刃に見えて生血が垂れる檻房の窓　＊
（六月五日）
◇あの娘を空屋で殺して置いたのを誰も知るまい……藍色の空　＊
◇けふも沖があんなに青く透いてゐる誰か溺れて死んだだんべ　＊
◇棺の中で死人がそつとあくびしたその時和尚が咳拂ひした　＊
（六月六日）
◇一番に線香を立てに来た奴が俺もと云ふて息を引取る　＊
◇若い医者が乃公の生命を預つたといふてニヤリと笑ひくさつた　＊
◇くら暗で血みどろの俺にぶつかつたあの横路次のハキダメの横で　＊
（六月七日）
◇頭の中でピチンと硝子が割れた音イヒ……と俺が笑ふ声　＊
◇日の中に日のあり又日のありわが涙つひにあふれ出てし哉
◇白い乳を出させてやらうとてタンポヽを引切る気持ち彼女の腕を見る　＊
（六月十日）

◇あんな無邪気な女がおれは恐ろしいヒョット殺したくなる困るから
◇肩に手をソッと置かれてハッとして自分の心をヂッと見つむる
（六月二十日）
◇打ち割つた皿の中から血走つた卵の黄身が俺を白睨んでゐる
（七月九日）
「猟奇」より注文来る。約束す。
（七月三十一日）
◇眼の玉を取り落すまいとまはたきす□□の朝のまばゆき眼ざめ
（九月十七日）
◇友の来てピストルを買はぬかと語るその友かなし秋のまひる日
◇車中にて今一人向ふに煙草吸ふ男われ見かへれば彼も見かへる
（九月十八日）
◇誰か和歌を文字の戯れといふものぞ歌をしよめば悲しきものを
（九月二十一日）
◇ロづけしつゝ時計の音をきいてゐるわが心をば彼女は知らず
（九月二十九日）
◇闇の中で猛獣と額つけ合つて睨み合つてゐる悪酒の酔心地

（九月三十日）
◇恋したら相手を拷殺してしまへさうしてヂッと生きてゐてみよ
◇眼の前を大きな蜘蛛が這ひまはるまん丸い清い明月の中を
（十月八日）
◇美しきけだものを見る心地する真昼のさなかに生娘見れば
（十月十四日）
◇瞳とづれは曠野の涯に一本の鋭き短刀落ちたるが見ゆ
◇赤い血がどうしても出ぬ自烈度さいくら瀬戸物をたたきこわしても
（十二月二十九日）
◇胸のはてなく白き砂原に裸身の女がノタウチまはる

昭和四年（一九二九）

◇わが胸の白く涯なき砂原に赤裸の女ノタうちまはる
◇殺しても〳〵まだ飽き足らぬ憎い男が葉巻を吹かす
（一月二十五日）
◇満月のまひるの如し屠殺場に暗く音なく血潮したゝる　＊

◇何者か殺し度ひ気持ちたゞひとりアハ〳〵と高笑ひする　＊

（一月二十八日）

◇人淋し吾れ亦淋したまさかにアハ……と笑ひてみれば

（三月十九日）

「猟奇」より原稿注文来。猟奇歌を送る。

（三月二十九日）

◇雨の夜半、自分の腹を撫でまはせば、妖怪に似て、生あたゝかし　＊

（三月三十一日）

◇自殺やめて壁をみつめてゐるうちにふと湧き出した生あくび一つ　＊

◇こんな時ふつと死ぬ気になるものか枯れ木の上を白い雲がゆく

◇伯父さんへ此の剃刀を磨いでよと継子が使ひに来る雪の夕　＊

◇埋められた、死骸はつひにみつからず砂山おかし、青空おかし　＊

◇知らぬ存ぜぬ一点張りで行くうちに可笑しくなつて空笑ひする　＊

◇死に度い心、死なれぬ心、互ひちがひに落ち葉ふみゆく、落ち葉ふみゆく　＊

（五月三十一日）

◇昇汞を飲みて海辺に叫ふ女大空赤し〳〵

◇人形の髪毛むしりて女の児大人のやうにあざみ笑へり

◇お白粉と野菜と血潮のにほひを嗅ぎて吾は生きて居りカフヱーの料理番
（七月二十日）
◇二等車はイヤな気がする強盗に殺されそうな奴ばかり乗る
（七月二十一日）
◇あの晩の車軸を流す大雨が彼女の貞操を洗ひ去つた
（八月二十七日）
◇わるいもの見たと思ふて立ちかへる彼女の室の拐られた蝶　＊
（八月二十九日）
◇日が照れば子供等は歌をうたひ出す俺は腕を組んで反逆を思ふ　＊
（九月三日）
◇晴れ渡る空肌寒く星多し野に泣きにゆく女あるらむ
（九月十三日）
◇殺しても〳〵まだ飽き足らぬ憎い彼女の横頬ほくろ　＊
（十一月二十五日）
◇親の恩に一々感じて居たならば親は無限に愛しられまじ　＊
（十二月五日）
◇一ツ恋がそんなに長くつゞくものか空の雲でも切れわかれゆく

◇心から女が泣くのでそれよりは生かして置いてくれやうかと思ふ　＊
◇人間の屍体をみると何がなしに女とふざけて笑つてみたい　＊
（十二月六日）
◇飛び出した猫の眼玉を押しこめどどうしても這入らず喰ふのをやめる　＊
◇五十銭貰つて一つお辞儀する盗めばせずに済むがと思つて　＊
◇うちの嬶はどうして子供を生まぬやら乞食女は孕んでゐるのに　＊
（十二月七日）
◇メスの刃にうつりかはりゆく肉の色がお伽話の花に似てゐる　＊
◇新婚の花婿が来てお辞儀する顔上げぬうち踏み潰してみたし

昭和五年（一九三〇）

（一月二日）
◇屍体の血はこんな色だと笑ひつゝ紅茶を匙でかきまはしてみせる　＊
（一月四日）
◇死刑囚が眼かくしされて微笑した。其の時黒い後光がさした　＊
（一月六日）

◇雪よふれ、ストーブの内をみつめつゝ昔の罪を思ふひとゝき　＊
（一月七日）
◇闇の中に闇があり又暗がある。その核心に血しほしたゝる　＊
（一月八日）
◇骸骨があれ野を独りたどり行くゆく手の雲に血しほしたゝる　＊
（一月十日）
◇投げ込んだ出刃と一所にあの寒さが残つてゐやうドブ溜めの底　＊
（一月十一日）
◇ストーブがトロ〳〵となるズット前の罪の思ひ出がトロ〳〵と鳴る　＊
（一月十三日）
◇黒く大なる吾が手を見れば美しく真白き首摑みしめ度し　＊
◇赤い日に煤烟を吐かせ青い月に血をしたゝらせ狂画家笑ふ
（一月十五日）
◇自殺しようかどうしようかと思ひつゝタツタ一人で玉を突いてゐる　＊
（一月十六日）
◇洋皿のカナリヤの絵が真二つに割れし口より血しほしたゝる　＊
◇人間が皆良心を無くしつゝ夜の明けるまで玉を撞いてゐる　＊

（一月十八日）
◇すれちがふた白い女がふりかへり笑ふ唇より血しほしたゝる　＊
（一月二十一日）

原辰郎氏より、久作論を乱歩氏書けり、と。遂に乱歩論を書くに決し着手。ついでに猟奇歌も書く。
◇真夜中の三時の文字を長針が通り過ぎつゝ血汐したゝる　＊
（一月二十三日）
◇子供等が相手の瞳に吾が顔をうつして遊ぶそのおびえ心　＊
◇老人が写真にうつれば死ぬといふ写真機のやうに瞳をするゐて
（一月二十九日）
乱歩論書き直し。猟奇歌も。
（一月三十日）
◇夕暮れは人の瞳の並ぶごとし病院の窓の向ふの軒先　＊
（一月三十一日）
◇真夜中の枕元の壁撫でまはし夢だとわかり又ソツと寝る　＊
◇雪の底から抱え出された仏様が風にあたると眼をすこしあけた　＊
◇煙突がドン／＼煙を吐き出したあんまり空が清浄なので　＊

◇二日酔の頭の痛さに図書館の美人の裸像を触つてかへる
◇病人がイヨ／＼駄目ときいたので枕元の花の水かへてやる ＊
◇水薬を花瓶にすてゝあざみ笑ふ肺病の口から血しほしたゝる ＊
◇毒薬は香なく色なく味もなしたとへば君の笑まぬ唇
◇馬鹿野郎／＼又馬鹿野郎と海にどなつて死なずにかへる
◇探偵が室を見まはしニツト笑ふその時たれかスヰツチを切る
◇精虫の中に人間が居るといふその人間が笑つてゐるといふ
（二月五日）
◇鵡から死病が伝染するといふ此の世もダン／＼終りに近づく
◇ナンマイダナンマイダブツナンマイダ赤い夕日がグル／＼まはる
（二月六日）
◇活動で涙を流して外へ出ると一切合財が嘘ツパチに見える ＊
（二月九日）
◇毒薬と聞いてチヨツピリ嘗めてみるそのホロ苦い心なつかしさ
（三月三日）
◇地理学者に知られてゐない国がある。そこの王様は木乃伊だといふ
（三月十一日）

◇格言を日記にいくつ書き止めてけふなまけたる罪をつぐなふ
（三月十六日）
◇手や足は消耗品と聞くからにいよ〳〵赤し製鉄所の空
（三月十九日）
◇世界は平たい。世界の涯はホンタウに泥海ですよと燕等は云ふ
（三月二十日）
◇自殺した女の死骸に云つて遣るお前の虚栄に俺は敗けたと
◇デパートの倉庫の鍵を俺は持つてゐる売子女の貞操の鍵を
（三月二十二日）
◇彼女を殺した短劔を埋めてその上に彼女の好きな花を植えておく
（三月二十八日）
◇恐れて善を為すは虚偽の内なり。恥ぢて善を為すは真実に近し
◇心中をする馬鹿せぬ馬鹿出来ぬ馬鹿なんかと云つて気取る大馬鹿
（四月三日）
◇慈善鍋に十戔玉を投げ込んですこし行つてから冷笑をする
◇小父さんの顔によく似た樫の樹の瘤が小雨に眼をつぶつてゐる
（四月五日）

◇人間の顔によく似た木の瘤がある夜ひそかに眼をあけてみる

（四月九日）

◇酒を飲んで氷の海を沖の方へどこまでも行くと気持ちよく死ぬ

（四月十日）

◇教会入口をヂッと見てゐるとダン／＼悪魔の顔に似てくる

（四月十四日）

◇ポンペイのまだ掘り出されぬ十字路に悪魔の像が舌を出してゐる

（四月十九日）

◇春の夜のそこはかとなき隈々に黒きもの動くわが心かも

（四月二十日）

◇にんげんの牡と牝とが政権を争ふといふ世も末なれや

（四月二十五日）

◇米国には悪魔の塔があるといふ富士山しか無き日の本あはれ

（四月二十五日）

◇うつゝなきうつゝとなりて眼に残る息づまり行く吾が児の泣き声

（四月二十六日）

◇眼を閉ぢて寝返りすればあの宝石が闇にズラリと並ぶ

（五月六日）

◇愚かなる心なりけり思ふ事とかゝわりもなき闇をみつむる
（五月九日）
◇青空をヂッと見つめて渡天しつゝ線路の草に寝ころぶ男
（五月十五日）
◇おろかなる心なりけり春空の花火の煙みつめて立ちしは
（五月十六日）
◇真夏の日青葉の蔭の憂鬱を通り過ぎてもうなだれて行く
（五月十七日）
◇何故にサウンドトーキーは人間を突き刺す音だけきゝえないのか
（五月二十日）
◇殺人の動機は別にありませぬ彼女が灯を消しましたので
◇あの上に飛び降りたらばと思ひつゝ四階の下の人ごみをのぞく
◇針金で次から次へ繋がれて地平線の方へ電柱が行く
◇硝子瓶に蠅を一匹封じこめて死んだら勉強を初めようと思ふ
（五月二十一日）
◇何ものかに飢えた心が暮れるまで線路の草に寝ころんでゐる
（五月二十七日）

◇彼女には何か出来たに違ひ無い彼女は動物を飼はなくなつた
◇壇上の彼女に狙ひをつけてみるポケットの中のブローニングで
（五月二十八日）
◇暮れて行く空をみつめて微笑しつゝ線路の草に寝ころぶ男
◇死ね〳〵と鏡に書いて拭き消して姉の室に来てお先にといふ
（五月二十九日）
◇麻雀の青い小鳥が飛んで来てガチヤ〳〵と啼く阿片のめざめ（夏のあさあけ）
（五月三十日）
◇刑務所が空つぽになつて行くといふ刑務所の外が刑務所なのだ
（五月三十一日）
◇ヂレットの古刃にバタを塗り付けて犬に喰はせて興ずる女
◇毒薬の空の瓶中へ入れた蠅がいつまでも死なず打ち振つてみる
（六月二日）
◇梟の瞳のふちの金の輪よ高利借する女の指輪よ
◇アレを見や蓬莱山で鶴公と亀子さんが媾曳してゐる
◇阿片なしに生きて居られぬ乞食ですお薬代を恵んで下さい
（六月三日）

◇化けて見ろと石の地蔵をステッキで殴つたあとでフト怖くなる
◇遊びに来る村の子供を喰べ度いと浮かれてまはる大水車
（六月十日）
◇方々の森の中から何者かのぞいてゐるらし野原をよぎる
◇悪党になり度い気もち真暗な横路次の中で小便をす
（七月四日）
◇胎児よ／＼何故躍る母親の心がわかつて恐ろしいのか
（七月七日）
◇校庭の飛越台がお母さんのお腹のやうで飛び越しにくい
◇美しい女を見るとふりかへるその瞬間に殺し度くなる
◇殺す気が無いのにどうして殺したかと問ひ詰められて答へぬ心
（九月三日）
◇われとわが頭の隅にたたずみておろかなる心をはるかに見下す
◇うつゝなきうつゝなりけり夢の世の夢より出でゝ夢に入る身は
（十一月二十二日）
◇心なき風にも心ありげなりこの山蔭の薄吹く風
◇今のわが心を探る心かも色々の歌かきつけてみる

参考作品

1

スリッパが
便所の前に脱いである
ノックをすれど返事なし
——夜——

秣山《まぐさやま》にねころび
すこしばかり火を放《つ》けてみて
すぐに消してみる

ギロチンに斬られた首が

名を呼べば
ジッと見上ぐる……何の御用……と

大なる煉瓦の家に
ひとり寝れば
家全体がため息する

思ひ残すことは
一つも無いといふ
その老人がフト怖くなる

よく出来た漫画を見たあと
暫くは
すべての顔が漫画に見える

お母様よろしくと云ふて
つと出でぬ

心の底の心恐れて　※

日なた道急ぐ刑事を
どこまでも
氷喰《は》みつゝジッと見送る

聖書の黒き表紙の
手ざはわりよ
心の奥に笑ふけものよ　※

何かしら打ちこはし度き
わが前を
イガ栗あたまが口笛吹きゆく　※

大時計のセコンドの音に
合はせつゝ
人が死ぬてふその気もちよさ　※

逃れ難き罪をのがれし
おもしろさ
ホテルの窓の青空を見る

良心に追ひかけらるゝ
心地して
横町にまがり足を早むる

ま昼さなか
人を殺すにふさはしと
煉瓦の山の中に来て思ふ　※

警察が何だと思ひ
町をゆく
わがふところのあばら撫でつゝ

※

ぬす人の心になりて
町をゆけば
月もおぼろにわが上をゆく

※

自分よりも馬鹿な人間を
新聞の記事に見出し
アハハと笑ふ

何故といふことなしに
殺したくなるのです
あとから跟《つ》いて行き度《た》くなるのです

2

この沼は
底無し沼か
殺人屍体を呑んでるぞと

アブクを吐く

夏なほ寒い
杉の森
はてしない迷路のやうに
行つても　行つても
出口がわからぬ

夕餉の焚火は燃え墜ちたが
テントに
誰も帰つて来ない
黄昏——

とこしなへに
跛の盲が
大なる円を描いて
沙漠をさまよふ

この貝殻
あまりにも美しい輝き
キット
何人かの人を殺した
毒をもつてゐるのだらう

脅えつゞけた
ブルジヨアの豚腹に
火事の人出の轟き
デモだ！　と思つて死んでしまつた

ゴミ箱を漁つてゐる犬が
俺を殺した
——魚の腸をくはへ出したぞ

人を轢いた電車

その中では
赤ン坊が
小便たれて泣き出した

ナンセンス

夢野久作

私には「探偵趣味」という意味がハッキリとわからない。同時に「猟奇趣味」という言葉も甚だアイマイなように感じている。しかもその癖に、そんな趣味の小説や絵画はナカナカ好きな方で、つまらないと思う作品にまでもツィ引きつけられて行く。自分でも可笑しいと思っているが仕方がない。

イッタイどうしてこんなに矛盾した心理現象が起るのだろう。

そうした趣味の定義や範囲は、雲を摑むように漠然としているように、そうした趣味から受ける興味はどこまでも深刻痛切を極めている。それ等の作品の一つ一つの焦点は実にハッキリしている。脳味噌の中心にヒリヒリと焦げ付く位である。それでいて、あとから考えるとその興味の焦点と、自分の心理の結ばり工合がサッパリわからない。探偵趣味で惹き付けられたのか、猟奇趣味で読まされたのか、わからない場合が非常に多い。わかってもその「探偵」とか「猟奇」とかいう趣味の定義は依然として五里霧中だからおかしい――どうもおかしい――。

子供の時に、自分の家へ郵便が投げ込まれるのを遠くから見て飛んで帰った事がある。別に手紙が見たいわけではなかったけど、どこから来た手紙か知りたかったからである。町中の家々に来る手紙をみんな知っている郵便屋さんが羨ましくて仕様がなかったものである。

あんなのが探偵趣味というものであろうか。

それから――やはりそのころのこと、初めて動物園に連れて行かれて火喰鳥《ひくいどり》や駱駝《らくだ》を見せられた時に、いつまでもいつまでもジッと見詰めたまま帰ろうとしなかった事がある。子供心にそうした鳥や獣が、そんな奇妙な形に進化して来た不可思議な気持ちを、自分の気持ちとピッタリさせたい――というようなボンヤリした気持ちを一心に凝視していた。何とも云えない変テコな動物の体臭に酔いながら――。

あんなのが猟奇趣味というのであろうか。

もしそんなものならばコンな趣味は取りも直さず人間の本能から出たものでなければならぬ。そうしてこれ等の趣味の定義や範囲は学者たちの客観的な研究によって決定さるべきもので、それに囚われている私たちが空に考えたとてわかる筈のものでない。しかも、それがわかった時はビタミンの発見と同様、遠からず平々凡々な趣味によってしまうべき運命を持っているので、現在のように大衆を酔わせる力はなくなってしまうであろう——ナアンダ。つまらない——というような心細い感じもするようである。

しかし、又、万一それがそうでなかったらどうであろう。唯物文化が唯一の生命としている——2+2=2×2=4——式な哲学に飽き果てた近代人が、その生活の対照として石から油を取るような思いをしてヒネリ出した趣味が、コンナ「探偵」とか「猟奇」とかいう趣味傾向となってあらわれたものであるとすれば、どうであろう。

問題は実にタヨリナイものに化する。手の甲にツバキをつけて垢をコスリ出して自分のキタナサに驚いて楽しむ趣味と同じものになる——イヤジャありませんか——ペッペッ——しかし又、同時に問題は非常に重大化する。こうした趣味の芸術は、あらゆる芸術の先鋒を承って行くべき——そうして将来益々その精鋭の度を加えつつ——あらゆる方面に人類の生活をエグリ付けつつ——新領土を次から次に開拓して行くべき、人類の生命の躍動の最新最鋭の、白熱的尖端——オヤオヤ——スッカリ本誌のお提灯《ちょうちん》になってしまった——イヤドウモ——。

しかも、形容詞ばかりで、内容も焦点も、定義も、範囲も、依然としてハッキリしていないのだから人を馬鹿にしているでしょう。

実際こうした趣味は天地開闢《かいびゃく》以来ある趣味なのでしょうか。それとも飛行機と一所に生まれた趣味なのでしょうか。

ソモソモ七面鳥は自身に猟奇趣味を理解しつつ、あんなに顔色を変化して行くのでしょうか――。

モボは本当に時代遅れを自覚しつつ銀座街頭から消え失せて行くのでしょうか――という論理が又成り立つかどうか――。

考えているうちに頭がわるくなった。

とにもかくにも近来益々この趣味が流行して来ました――いろんな新しい主義や傾向と一所に――。けれどもそんな趣味を流行らせている人々は本当にこんな趣味を理解しながら書いたり読んだりして居られるのでしょうか。新米の私にはサッパリ見当が付きませんが――。

万一私と同様に、わからないまま夢中になって御座るのでしたら――アハハハハハ――まさかソンナ事もありますまいけれど――ナンセンス――ナンセンス――。

パアパアパアパアパアパアパア――。

夢久の死と猟奇歌

吸血夢想男

三月十二日〔一九三六年〕の中国民報は、突如として我が探偵文壇のモンスター夢野久作の死を報じた〔没日は三月十一日〕。隅っこの方に書かれた一寸角程の小さい記事ではあったが、D・S〔Detective Story＝探偵小説〕ファンにとってはむしろ二・二六事件よりもより以上センセーショナルな事柄だったと思う。無論我々はもっともっと彼の奮闘を期待していたし、彼自身もこう呆気なく人生におさらばするつもりは無かったと思う。実際スランプに陥ちたとか何とか云っていたけれども創作力に於ては旺盛なエナジーを持っており、又構想の妙味に於ては独特の素質の所有者だった事は事実である。本格派の驍将甲賀三郎に堂々対抗して巨弾を放し得る者としては確かに雄たるものだった。彼の作品を通じて感ぜられる事は、彼の頭の中には乱歩の云う、例のあのモシャモシャとして四次元の世界に住む鬼が巣喰っていた事だ。

彼のD・S文壇に残した足跡は余りにも偉大で今更喋々を要しない。従って今ここで彼の作品について論ずるつもりは毛頭ない。

しかしながら特に一つだけ述べたいのは、夢久の専売特許とも云うべき、又プ誌〔「ぷろふいる」誌〕唯一の特産物として誇っていた「猟奇歌」の事である。

これは小生妙な変格趣味から愛誦おく能《あた》わなかったもので、よく短い字句に人生の裏を貫く厳粛な真理の体型を織り込んだ貴重な文献だと思う。一例を挙げるならば、

ニヤ〳〵と微笑しながら跟《つ》いて来る／もう一人の我を／振返る夕暮

スチイブンソンの「ジーキル博士」以上の戦慄を覚える。

よそのヲヂサンが／汽車に轢かれて死んでたよ／帰つて来ないお父さんかと思つたよ

恐ろしい錯覚である。こんな事が広い世の中に絶対に無いとどうして断言出来ようか……。

小生猟奇歌を愛誦するの余り、幾度か夢野久作の作風を模倣して自作してノートにするのを楽しみにしている。百片の探偵小説を読むより十首の猟奇歌を作る方が自分にはより愉快だからである。

かつて小生編輯子に宛て猟奇歌を夢野氏に了解を得て満天下のD・Sファンより一般募集してはと提議した事もあるが、今や夢野久作亡き後の感痛切に胸中に往来する。このまま猟奇歌を夢野氏の特許品としてプ誌より永久に姿を没せしむる事は耐まらなく淋しい事だ。

満天下のD・Sファンよ！　そして猟奇歌の賛美者よ！　夢久第二世として躍り出でよ！

「猟奇歌」からくり――夢野久作という疑問符

寺山修司

1

ニヤ〳〵と微笑しながら跟いて来る／もう一人の我を／振返る夕暮

夢野久作の「猟奇歌」には、笑いと戦慄がつきまとっている。

それは対象を異化することによって生じる笑いではない。「ニヤニヤと微笑しながら跟いて来る、もう一人の我」は、久作の分身などという生やさしいものではなく、全く得体の知れない、一つの不可能性なのである。

振返っても、振返っても跟いて来る「我」が、歌っている久作自身と同じ時を共有しているかどうかは、あきらかではない。

もしかしたら、少年時代の久作かも知れないし、老後の久作かも知れない。しかし、ここではやはり、秋の西日を背中に受けながら、振返る久作と瓜二つの風貌をしてニヤニヤしている「もう一人の久作」を思いうかべるのが、筋道だろう。

では、この「もう一人の我」は、なぜ笑っているのか？

ジョルジュ・バタイユは次のように書いている。

「もし私の生が笑いの中に身を滅すとすれば、私の自信は無知の自信となり、結局は自信の全面的欠如となるだろう」

「誰にも、笑いを固執することはできない。笑いの維持は鈍重さに堕すことである。笑いは宙吊りになっていて、何ものをも肯定せず、何ものをも鎮めはしない」

たぶん、「ニヤニヤと微笑し乍ら跟いて来る」もう一人の夢野久作は、笑うことによって自らを宙吊り状態にしている。それは、宙吊りというよりは、氷りついていると言った方が当っているかも知れない。しかし、この「もう一人の我」を『暗黒公使《ダーク・ミニスター》』に登場するヘルマフロディトスの美少年に置換えることは、間違いである。美少年ジョージは、彼自身のナルシスティックな恍惚感によって、笑いを内在している。

彼のアリバイは、勝利感から生まれた寛闊《かんかつ》な気分の中に、笑いをとじこめることによって証明されているのだ。だが、この歌（に限らず、「猟奇歌」の中）にしばしば見られる、夢野久作の笑いは、もっと鈍重なものだ。おそらく、バタイユの指摘する「無知の自信」によって、久作自身を凍結させてしまうものだ、と言ってもいいだろう。

当然のことだが、久作はそのことに気づいている。彼は、「自分がそうあるところのもの、すなわち、笑いそれ自体」を恐怖しているのである。

たとえば、べつの歌、

泣き濡れた／その美しい未亡人が／便所の中でニコニコして居る

の「ニコニコ」について考えてみることにする。この歌の不思議は、作者であるところの久作が、どこに居るか不分明だということである。

もし、三十一文字詩型の約束事に従えば、作者は「便所の中でニコニコしている未亡人」をどこかで確認していなければならない。

それは「未亡人と一緒に便所に入っている」か、「便所の外から、未亡人を覗き見している」か、どっちかである。しかし、未亡人の「ニコニコ」の内実からすれば、便所の中に他の男が一緒にいるとは思いにくい。便所の中の未亡人の仮面の下の素顔を見ている作者は、「節穴から女子便所を覗き見している中年男」であって、「未亡人には気づかれていない」とするのが妥当であろう。

だが、夢野久作の「猟奇歌」は、必らずしも作者の位置をあきらかにしなければならぬような「私性文学」として書かれたものではない。

自らの存在を禁忌として対象から切りはなし、そのことの不運を世界への冷笑としてお返しする。

便所の中の未亡人を「見ている」久作自身は、自らの超越性を恥じて姿をかくす。「ひとりの人間の好運は、他の人間の不幸を辱かしめる」（バタイユ）ことを、久作は知っているのだ。

　　神様の鼻は／真赤に爛《ただ》れている／だから姿をお見せにならないのだ

赤く爛れた鼻を恥じて姿をかくしている全知の「神様」と、女子便所の節穴から一部始終を覗き見している赤面症の中年男とのあいだに、どれほどの差異があるというのだろうか？

少なくとも、両者をつなぐ氷りつくような笑いは、行き場を失った夢野久作の宙吊り状態を証しているかに見える。そして、彼の「猟奇歌」一連は、その「赤鼻の神様」の立場で歌われた、中年の覗き男の恥かしい告白として、読者のわれわれをも、狂気じみた開口部に呑みこもうとし、その笑いを笑いつづけているのである。

2

さて、もう一度、

泣き濡れた／その美しい未亡人が／便所の中でニコニコして居る

に戻ることにしよう。

おそらく、この「美しい未亡人」は、夫に死別したばかりの人妻である。喪服を着て、仏前で泣き濡れて、参会者たちの同情を集めている。

だが、その内心は……と、「赤鼻の神様」は告発している。「これで自由になれた」「これでお抱えの運転手とも、おおっぴらに情事が愉しめる」と、ひとりでほくそ笑んでいるのだ。そして、それがブルジョア階級の人妻の、貞淑の欠如であり、東京人の堕落のあらわれなのだ。

「便所の中でニコニコして居る」美しい未亡人を非難しながら、同時にいささかの羨望に肉欲をもやしている中年の覗き男の心理は、たとえばウイリアム・ブレイクの『格言詩集』の一節、ひとりの人妻にわたしが求めつづけるものは、／満たされている欲望の面《おも》だちだを思い起させる。

だが、小心な彼には「もろもろの禁止条項を侵犯し」「超越神、すなわち人間のかぎりない屈辱」（バタイユ）に向かってゆくだけの跳躍力がない。そこで、その反動から必要以上に倫理的になってゆくのである。「東京の女は自由である」と、彼は書いている。「眼についた異性に対して、堂々とモーションをかける。異性を批判し、玩味し、イヤになったらハイチャイをきめていい権利を、男と同じ程度に振りまわして居る」。「往来を歩く姿勢も、昔と違って前屈みでは無い。昔は〈屈《かが》み女に反《そ》り男〉であったが、今では〈反り女に反り男〉の時代になった。そのうち、〈反り女に屈み男〉の時代が来るかも知れぬ」。

反り女の横行を嘆く夢野久作は、その元凶を欧州大戦に求める。「欧州大戦は民族性や個性の尊重、階級打破、圧迫の排斥なぞというろいろんな主義を生んだ」。

それらは「今まで束縛され、圧迫されて居たものの解放と自由」をうながしたかに見えながら、結局は「世紀末的ダダイズム、耶教崇拝、変態心理尊重の頽廃的傾向」を生み出し、「全人類の不良傾向にむすびついていったに過ぎなかった」。

『ドグラマグラ』や『白髪小僧』の作者がダダイズムや変態心理尊重を、全人類の不良化の問題としてとらえているのは、いささか奇異である。

多くの読者は、

すれちがつた今の女が／眼の前で血まみれになる／白昼の幻想

頭の中でピチンと何か割れた音／イヒ、、、、／……と……俺が笑ふ声

といった歌にダダイズムや変態心理を感じない訳には、いかないのだ。にもかかわらず、それらの頽廃的傾向を否定しようとする久作は、自分が夢野久作であることに疲労している。「幸福でも、逸脱でもなく、ただ自身であること」を維持することができない。何もかも、消滅に向かっている。まるで、白日夢の犯罪のように、だ。

夢野久作は、それが「自分と神との不在」によってもたらされたものだ、と思っている。しかし、鼻の赤く爛れた神も、赤面症の覗き魔の自分も、たやすく人前に姿を見せる訳には、いかない。羞恥心が、彼を「押絵」の中に封じこめるのだ。

神と自分の不在――これほど笑うべき見かけがあるだろうか？　空想力は一切の抑制から解放されて、限りなく肥大する。

白い乳を出させやうとて／タンポポを引き切る気持ち／彼女の腕を見る
白い赤い／大きなお尻を並べて見せる／ナアニ八百屋の店の話さ

変態心理（というものが実在するかどうか定かではないが）としか呼びようのない、こうしたエロチシズムの妄想は、笑いによって生み出された空無を、恍惚忘我によって埋め合わせようとするものである。

ほとんど、短歌として体をなしていない、これらの歌が、久作文学の内実にふれるための重要なヒントを与えてくれることは、言うまでもない。ふたたび、バタイユの言葉を引用しておこう。

「ニーチェの信奉した原理は、笑いに結ばれていると同時に、恍惚裡の認識喪失にも結ばれているのだ」

3

「猟奇歌」は、昭和三年から十年にかけて、『猟奇』『ぷろふいる』に発表された。

久作は、この一連の短歌を、詩型として選んだのではなく、むしろ、濃密小説の変形として巧みに活用したのだ、と考えられる。

規範となっているのは、啄木の三行書き口語短歌であり、その内容においても、啄木を意識したものが少なくない。たとえば、

自分より優れた者が／皆死ねばいいにと思ひ／鏡を見ている

は、「友がみな我より偉く見ゆる日よ」という啄木の歌を想起させるし、

かかる時／人を殺して酒飲みて女からかふ／偉人をうらやむ
ぬすびとの心を抱きて／大なる煉瓦の家に／宿直をする

などには、啄木の文体がそのまま引き継がれている。

だが、こうした歌は私を魅きつけない。久作らしさが、まるで感じられないからである。言うまでもないことだが、短歌は「私」性の文学であり、つねに主人称が（歌の中で省略されていても）、作者と同一人であることが前提になっている。そのため、歌人たちにとって内的自我とどのようにかかわるか、ということが、きわめて大きな問題だったのだ。

しかし、内的自我というものが、「ヒューマニズムの最後の神話」（宮川淳）にすぎず、しかも「ヒューマニズムの破産があきらか」となった今、短歌的な「私」性は、よりどこ

ろを失うことになってしまう。それを、宮川淳が「近代の表現概念の失権」であり、「自己表現が、最後の神話を失った状態」である、と指摘しているのは、納得できる。

久作の短歌が、従来の短歌史のなかで、どのようにも位置づけられることがなかったのは、内的自我が作品をつらぬくべき核として存在しなかった、ということに原因していることはあきらかだ。たしかに、

無限に利く望遠鏡を／覗いてみた／自分の背中に蠅が止まつていた

といった歌を、作者の記録的写実でとらえようとしても、できるものではない（自分のアパートの畳を剝がして、その下の土を掘りはじめ、どこまでもどこまでも掘り下げていったらば地球の裏側に突き抜けた、というのなら、まだわかる。この歌の場合には、そうした根拠さえ何もない、ナンセンスによって成り立っている）。

そして、こうしたナンセンスぶりが、従来の短歌を支えてきた「私」性のもつ「内的現実」という幻想をふり捨てるのである。

久作にとって短歌の内なる「私」は、すべて仮構である。そして、「語られている事件」はすべて、個的な体験とは無縁のものである。

では、「猟奇歌」のどこに久作がいるのか――一般的に言って、それは歌の外の「どこでもない場所」（すなわち、透明人間が、姿をかくした神様のように、どこにいるかわからない場所）にいると言っていい。彼には「われわれ」という発想も、無私にいたる回路もない。彼はただ、「覗き見している」だけなのである。

犯人の帽子を／巡査が拾ひ上げて／又棄てて行く／春の夕暮

どんな事件があったのかは、この際、問題にならないだろう。ともかく、この巡査にとって、犯人の証拠物件を拾いあげることで事件に深入りすることがわずらわしかった。鑑賞家ならば、「それほど物憂い春の夕暮だった」と書くかも知れない。

あるいは、「うららかな春の夕暮は、地上の犯罪など、とるに足らぬものと思わせてしまうような魔力をもっている」という分析も可能だろう。だが、久作にとって、下の句の「春の夕暮」は、さして重要な意味を持っていたとは思えないのだ（あえてこじつけるならば、「春の夕暮」とまとめあげる、短歌的抒情の常套手法に対するパロディだった、ということもできる）。なぜなら、類想の歌には、こうした自然描写がつけくわえられることは稀であり、

山の奥で仇讐同士がめぐり合った／誰も居ないので／仲直りした

という歌にみられるように、久作はいつも、無関心と覗き見によって、笑いながら戦慄しているのだ。

たしかに、久作は「ヒューマニズムの最後の神話」の滅びを予見している。多くの歌人たちのように、内的自我にたてこもって、「私」の再建に営々とすることなく、「鼻の赤い神様」のように、姿をかくし、外側から見守っている。だが、だからといって「私」の桎《しっ》梏《こく》から、完全に自由になれたという訳ではない。

「人間は問いを発し、しかも、『私は誰なのだ？　私は何なのだ？』という希望のない問いかけが自分の中に開く傷口を、閉じることができない」（バタイユ）

一見、まぬがれているかに見える久作にも、しばしば自らが偶発物であることを思い知らされることがある。

独り言を思わず云ふて／ハッとして／気味のわるさに／又一つ云ふ

青空の隅から／ヂッと眼をあけて／俺の所業を睨んでゐる奴

覗き見している自分を、誰かが覗いている。この果てしない反復が久作を宙吊りにしている。笑っている自分を、笑っているものの正体は一体何者なのだろう。それは「自分がまさにそうあるところのもの、すなわち、笑いそれ自体！」なのか。

腸詰に長い髪毛が交つてゐた／チット考えて／喰つてしまつた

髪の毛の交った腸詰は、投げ出された世界の謎である。チット考えたが、解くことはできない。「そこにかくされている猟奇的な事件」のかかわりあいになる位ならば、気づかなかったふりをして「喰ってしまう」方がよかろう、と考えて、久作はそれを「美味そうに、ムシャムシャと」喰った。

だが、本当に誰も見ていなかったのか？

見てはならぬものを見てゐる／吾が姿をニヤリと笑つて／ふり向いて見る

という反歌がついている。

つまり、あたりを気にしながら、そっと「他人に見られたくないことをしている自分」

を、もう一人の自分が見ているのだ。そして、その自分も「ふり向いて見る」ということで、迷宮のように問いは重層化されてゆく。「希望のない問いかけが自分の中に開く傷口を、閉じることができない」久作の苦悩が、はじめて、あきらかにされる。「疑問への投入は、孤独者の仕事だ。明晰性は——それに透明性は——孤独者のしわざだ」と、バタイユは書いている。

「しかし、透明性の中で、栄光の中で、彼は孤独者としてのおのれを否定するのだ！」と。

暗の中で／俺と俺とが真黒く睨み合つた儘／動くことが出来ぬ

初出／底本一覧

猟奇歌

「探偵趣味」「猟奇」「ぷろふいる」に断続的に発表（計三十三回）。初出誌および月号は各回の最終作の頁末尾に付した。／『定本　夢野久作全集』第八巻、国書刊行会、二〇二二

〇「猟奇歌」は一九二七～三五年、「探偵趣味」「猟奇」「ぷろふいる」に発表。著者生前は単行本に収録されず、没後、『夢野久作全集』第七巻（三一書房、一九七〇）で二三〇首が初めてまとめられ、『夢野久作全集』第三巻（ちくま文庫、一九九二）では二五九首が収録された。のちに研究者・西原和海はその内八首（初出時無署名）を著者以外によるものとし、編者を務めた『夢野久作著作集』第六巻（葦書房、二〇〇一）および国書刊行会版全集では二五一首としている。本書ではこの二五一首を本篇として採録した。また、著者は「猟奇」をテーマとしない短歌・俳句・川柳も多数遺しており、葦書房版著作集・国書刊行会版全集では「猟奇歌」と同じ巻に収録されている。

日記より

『夢野久作の日記』（杉山龍丸編、葦書房、一九七六）、杉山文庫「夢野久作関係資料」No.65〜74（福岡県立図書館デジタルライブラリ）

○『夢野久作の日記』は著者の日記帳（明治四十三〜四十四年、大正元、十三、十五年、昭和二〜五、十年）を長男・杉山龍丸が翻刻したもの。二〇二三年より、福岡県立図書館公式サイト内に原本の画像が公開されている。本書では両者を参考にしつつ、「猟奇歌」と関連する作品・記述を抜粋した。「猟奇歌」本篇中の歌と類似する作品については、行末に＊を付した。

参考作品

1『KAWADE夢ムック文藝別冊　夢野久作　あらたなる夢』（河出書房新社、二〇一四）

○未発表作品として掲載。編集部注として「生前、夢野久作が愛用の手帳に書きとどめていた短歌のうち、『猟奇歌』作品を取捨し、ここに、その一部を紹介いたします」と記されている。「猟奇歌」本篇および日記中の歌と類似する作品については、※を付した。

2「猟奇」一九三一・九／『夢野久作全集』第三巻（ちくま文庫、一九九二）

○前記「猟奇歌」の項参照。三一書房版・ちくま文庫版全集に収録されたものの、のちに別人の作と推定された八首。初出誌「猟奇」は読者投稿を受けつけていたため、当時の誌面には、夢野久作以外の作者による「猟奇歌」が他にも多数掲載されている。

ナンセンス
「猟奇」一九二九・八／『定本　夢野久作全集』第七巻、国書刊行会、二〇二〇

夢久の死と猟奇歌（吸血夢想男）
「ぷろふいる」一九三六・五／西原和海編『夢野久作の世界』平河出版社、一九七五
○読者投稿欄に掲載。

「猟奇歌」からくり——夢野久作という疑問符（寺山修司）
「夜想」一九八一・四／『月蝕機関説　寺山修司芸術論集』冬樹社、一九八一
○ジョルジュ・バタイユの引用は『有罪者　無神学大全』（出口裕弘訳）、夢野久作のエッセイの引用は「東京人の堕落時代」より。

編集付記

一、本書は、「猟奇」をテーマとした短歌連作「猟奇歌」と、関連する作品を独自に編集したものです。
一、底本中、明らかな誤植と思われる箇所は訂正し、ルビを整理しました。
一、本文中、今日では不適切と思われる表現も見受けられますが、著者が故人であること、刊行当時の時代背景と作品の文化的価値に鑑み、底本のままとしました。

中公文庫

猟《りょう》奇《き》歌《うた》
——夢《ゆめ》野《の》久作《きゅうさく》歌集《かしゅう》

2025年3月25日　初版発行
2025年4月15日　再版発行

著　者　夢《ゆめ》野《の》久作《きゅうさく》

発行者　安部順一

発行所　中央公論新社
〒100-8152　東京都千代田区大手町1-7-1
電話　販売 03-5299-1730　編集 03-5299-1890
URL https://www.chuko.co.jp/

DTP　ハンズ・ミケ
印　刷　三晃印刷
製　本　フォーネット社

Published by CHUOKORON-SHINSHA, INC.
Printed in Japan　ISBN978-4-12-207637-2 C1192

中公文庫既刊より

各書目の下段の数字はISBNコードです。978－4－12が省略してあります。

え-24-1
江戸川乱歩座談　江戸川乱歩
森下雨村から花森安治まで、探偵小説の魅力を共に語り尽くす。江戸川乱歩の参加した主要な座談・対談を初集成した文庫オリジナル。〈解説〉小松史生子
207559-7

え-24-2
江戸川乱歩トリック論集　江戸川乱歩
探偵小説にとってトリックとは何か？　全推理ファン必読の「類別トリック集成」ほか、乱歩のトリック論を初めて一冊にした文庫オリジナル。〈解説〉新保博久
207566-5

ホ-3-3
ポー傑作集　江戸川乱歩名義訳　E・A・ポー　渡辺温　渡辺啓助 訳
全集から削除された幻のベストセラー、渡辺兄弟のゴシック風名訳が堂々の復刊。温《おん》について綴った江戸川乱歩と谷崎潤一郎の文章も収載。〈解説〉浜田雄介
206784-4

お-99-1
小沼丹推理短篇集　古い画《え》の家　小沼丹
「私小説の名手」が作家活動の初期に書き続けた、スリルとユーモアとペーソス溢れる物語の数々。巻末に全集未収録作品二篇所収。〈解説〉三上延
207269-5

た-19-5
橘外男日本怪談集　蒲団　橘外男
虚実のあわいに読者を引きずり込む、独特の恐怖世界――日本怪談史上屈指の名作である表題作他全七篇を収録した、著者初の怪談傑作選。〈解説〉朝宮運河
207231-2

た-19-6
橘外男海外伝奇集　人を呼ぶ湖　橘外男
虚栄の裏の差別、愛憎の果ての復讐……鬼才による、異国を舞台にした怪奇と幻想のベスト・セレクション全八篇。文庫オリジナル。〈解説〉倉野憲比古
207342-5

よ-66-1
埋葬　横田創
河口湖町の廃ホテルで発見された母娘の死体。単純な事件の構図を、関係者達の告白が次々と塗り替えてゆく……読者を幻惑させる衝撃作。〈解説〉岡和田晃
207586-3